LA MÁSCA

John H. Watson

© John H. Watson, 2024

Sherlock Holmes, Watson, Lestrade, Mycroft Holmes, la señora Hudson y los Irregulares de Baker Street son personajes creados por Arthur Conan Doyle (1859-1930), que se encuentran en dominio público desde enero de 2023, momento además en el que se anuló la vigencia de la marca «Sherlock Holmes».

Esta historia ha sido inscrita en el Registro de la Propiedad Intelectual. Se prohíbe su uso sin autorización. El plagio supondrá el emprendimiento de acciones legales contra el infractor.

Todos los derechos reservados.

Más allá de la inspiración que hago constar en la dedicatoria, cualquier parecido con personajes reales o imaginarios es pura coincidencia, incluido el de la persona a quien le dedico esta historia, cuyas características, circunstancias vitales y forma de ser nada tienen que ver con el personaje de la novela.

Tabla de Contenido

Lauren Tanner 1
La máscara 7
El profesor Roderick 13
La Orden del Ónix Negro... 19
Intercambios en las sombras 25
Preparando la infiltración 31
Dentro de la Orden 37
La ejecución 43
Una trampa para un espía 49
Conspiración abortada 55
La visita a Lauren Tanner 61

Para Lorena Tena Loza

Lauren Tanner

El invierno londinense había cubierto la ciudad con su habitual manto de niebla y humedad. El viento frío golpeaba contra las ventanas del 221B de Baker Street, mientras que, en el interior, el fuego crepitaba en la chimenea, llenando la habitación con un agradable calor. Como era habitual en mí, me encontraba sentado en mi sillón habitual hojeando las páginas de un periódico atrasado, mientras mi inseparable compañero, Sherlock Holmes, estaba de pie frente a la ventana, observando la calle con su aguda mirada, aunque sin que nada en particular pareciera llamarle la atención. Se trataba de un día ordinario, sin novedades en el horizonte... hasta que una inesperada visita rompió nuestra tranquila tarde.

Unos rápidos golpes resonaron en la puerta, interrumpiendo el silencio de la estancia. Holmes, con la vista aún fija en el exterior, no se inmutó, pero su tono de voz reflejó el interés que siempre surgía en él cuando lo inesperado llamaba a nuestra puerta.

—Adelante, señora Hudson —dijo, anticipando que nuestra casera venía con un recado.

La puerta se abrió y, tal y como había pronosticado, la señora Hudson se asomó.

—Disculpen la interrupción, caballeros, pero hay una joven dama abajo que insiste en ver al señor Holmes. Está algo alterada y dice que cree que su marido puede estar metido en un problema que se le hace difícil comprender.

Holmes finalmente apartó la vista de la ventana y se giró hacia mí con una ligera sonrisa, la misma que solía surgir en él cuando intuía que un nuevo caso interesante se avecinaba.

—Hágala pasar, señora Hudson —respondió—. No hay nada que necesite más en este momento que un poco de emoción para este tedioso día.

Pocos minutos después, la dama en cuestión apareció en el umbral. Era una mujer que tendría unos cuarenta años y que conservaba una belleza y elegancia natural que, no obstante, contrastaba con su evidente nerviosismo. Su cabello estaba desordenado, como si hubiera corrido para llegar a nosotros, y sus ojos oscuros parecían revelar una honda preocupación.

—Siento mucho presentarme sin previo aviso, señor Holmes —comenzó, inclinándose ligeramente—. Mi nombre es Lauren Tanner y temo que algo terrible le está ocurriendo a mi esposo.

Holmes, con su característica cortesía, la invitó a sentarse frente a nosotros.

—Por favor, tome asiento, señora Tanner, y relátenos su problema desde el principio —dijo mientras se acomodaba en su sillón—. No omita ningún detalle, por trivial que le pueda parecer.

Lauren Tanner se sentó y, tras tomar aire para tranquilizarse, comenzó su relato.

—Mi esposo, el coronel Edward Tanner, ha trabajado durante muchos años en el ejército británico y actualmente está involucrado en cuestiones de seguridad nacional. A causa de ello, siempre ha sido muy reservado, lo que nunca ha supuesto ningún problema entre nosotros. Era algo que asumí en el momento en que acepté casarme con él y de lo que él mismo me advirtió, es decir, que habría temas de los que nunca podría hablarme y que yo no debía preguntarle nada relacionado con sus ocupaciones. Como les digo, nunca tuve el menor problema en aceptar eso; sin embargo, en los últimos meses ha comenzado a comportarse de manera mucho más extraña de lo habitual. Al principio lo atribuí a alguna complicación que pudiera haberle surgido en su trabajo, pero ahora creo que algo más está sucediendo.

—¿En qué ha cambiado su comportamiento? —preguntó Holmes con suavidad, reparando al igual que yo en los gestos nerviosos de la mujer.

—Pues, por ejemplo, ha comenzado a recibir visitas nocturnas de hombres que no conozco. Se reúnen en su despacho durante largas horas y, cuando le pregunto al respecto pese a que le había prometido no hacerlo, se muestra evasivo y cada vez más irritable. Hace unos días, mientras limpiaba su despacho, encontré algo que me ha llenado de inquietud. —Hizo una pausa, como si le costara decir las siguientes palabras—. No sé qué significa, pero no me gusta nada.

Acto seguido, abrió su bolso, sacó un pequeño objeto envuelto en un pañuelo de seda y lo colocó sobre la mesa frente a nosotros. Al desplegar el pañuelo, dejó al descubierto una extraña máscara de ónix negro, pequeña pero exquisitamente tallada, con unos rasgos inquietantemente detallados.

Holmes tomó la máscara con delicadeza, examinándola con cuidado desde todos los ángulos. El objeto, de un negro profundo, parecía absorber la luz de la habitación.

—¿Dónde encontró esto, señora Tanner? —preguntó Holmes sin apartar la mirada de la máscara.

—En un cajón de su escritorio —respondió Lauren con voz trémula—. Nunca había visto nada similar antes. Cuando le pregunté a Edward sobre ella, se enfadó muchísimo. Me contestó que no debía meterme en sus asuntos y que no volviera a mencionar el tema. Nunca lo había visto así. Algo no va bien, señor Holmes, y temo que mi esposo esté en peligro.

Holmes dejó la máscara sobre la mesa y se reclinó en su sillón.

—¿Su esposo ha mencionado algún nombre o detalle de esas reuniones nocturnas? —preguntó.

—No, jamás me cuenta nada. Sin embargo, la semana pasada a uno de los hombres que lo visitó se le cayó algo al salir. Lo recogí antes de que se diera cuenta. —Sacó un pequeño pedazo de papel de su bolso y se lo entregó a Holmes—. No sé si será de ayuda, pero pensé que debía traérselo.

Holmes tomó el papel y lo desplegó. Lo observó durante unos segundos antes de entregármelo para que lo leyera. Era una simple lista de nombres, todos desconocidos para mí. El último estaba subrayado: «von Schäfer».

Mi amigo frunció el ceño.

—¿Es gente peligrosa? —preguntó la mujer con voz temblorosa.

—Habrá que verlo, señora Tanner —respondió Holmes—, pero lo que puedo decirle con certeza es que su instinto no la ha engañado. Su marido está, efectivamente, envuelto en algo mucho más turbio de lo que parece a simple vista.

Nuestra visitante palideció visiblemente al escuchar esas palabras.

LA MÁSCARA DE ÓNIX

—¿Está en peligro? —preguntó sin tapujos.

—Eso es lo que pretendemos averiguar —le contestó mi amigo con firmeza—. Lo que le pediré es que de momento no le saque este tema a su esposo ni le cuente que ha venido a vernos. Cualquier paso en falso podría ponerles en riesgo tanto a usted como a él. Deje que seamos nosotros los que investiguemos este asunto.

Lauren Tanner asintió, claramente angustiada pero, al mismo tiempo, confiada en que había acudido al lugar correcto.

—Gracias, señor Holmes. Confiaré en su juicio y haré todo lo que me pida.

Holmes la acompañó hasta la puerta, despidiéndola con la promesa de mantenerla informada. Cuando finalmente la puerta se cerró, se volvió hacia mí con una sonrisa de satisfacción.

—Watson, parece que finalmente tenemos algo interesante entre manos. Esta máscara de ónix no es un simple adorno. Y ese nombre, von Schäfer... Estoy casi seguro de haberlo visto relacionado con actividades de espionaje internacional.

Lo observé en silencio, admirando una vez más su capacidad para establecer conexiones que, para cualquier otra persona, habrían pasado desapercibidas.

—Entonces, ¿por dónde empezamos? —pregunté, teniendo claro que ya había un plan en marcha en su mente.

Holmes se volvió hacia la ventana.

—Primero, veremos qué secretos esconde esta máscara. Si estoy en lo cierto, eso nos conducirá directamente al corazón del misterio. El juego ha comenzado, mi querido Watson.

La máscara

El crepitar del fuego era lo único que rompía el silencio en el 221B de Baker Street mientras Sherlock Holmes, sentado en su sillón favorito, seguía examinando minuciosamente la máscara de ónix que Lauren Tanner nos había traído. Su mirada no perdía ningún detalle, mientras sus delgados dedos pasaban suavemente por la superficie pulida del objeto, como si tratara de desentrañar cada uno de los secretos que ocultaba. Yo, sentado frente a él, observaba en silencio, ya familiarizado con los momentos en los que Holmes entraba en ese estado de intensa concentración.

La máscara de ónix era, sin duda, una pieza singular. Su talla fina y detallada, que mostraba un rostro casi humano pero con una expresión enigmática, se antojaba de otro tiempo, de otra cultura. Sin embargo, no era el diseño lo que más parecía interesar a Holmes en esos momentos.

—Watson —dijo finalmente, rompiendo el silencio mientras giraba el objeto bajo la luz de la lámpara de gas—. Esta máscara es mucho más que una simple decoración. Cuenta una historia que se puede apreciar en cada uno de sus detalles.

Me incliné hacia adelante, lleno de curiosidad por saber qué había descubierto.

—¿A qué se refiere, Holmes? —pregunté, fijando mi atención en unas manos, las suyas, que no dejaban de examinar la máscara.

—Primero, observe la parte inferior —respondió, señalando con el dedo una pequeña zona en el borde interno de la máscara—. Aquí, muy cerca de la esquina, se puede ver una inscripción. A simple vista parece ser un simple arañazo o una marca de desgaste, pero, si se fija bien, verá que se trata de una inscripción deliberada.

Me acerqué para mirar más de cerca. Efectivamente, en la parte interior de la máscara había una serie de pequeñas marcas talladas con precisión, como si fueran letras de un alfabeto antiguo. No reconocí el idioma.

—¿Sabe qué quiere decir? —pregunté, fascinado por la complejidad del objeto.

Holmes sacudió la cabeza lentamente.

—Todavía no. Lo que sí puedo decirle es que no es ningún idioma que haya visto antes en mis investigaciones. No es latín, ni griego, ni ninguna lengua europea común. Tampoco es árabe o hebreo. Supongo que se trata de un dialecto arcaico o posiblemente de una lengua extinta, tal vez del Lejano Oriente o del África subsahariana. Tendremos que averiguarlo para no quedarnos en simples conjeturas.

Holmes hizo una pausa, girando la máscara nuevamente para observarla bajo diferentes ángulos.

—Parece además que desprende un aroma peculiar —dijo, acercando la máscara a su nariz y tomando una profunda inhalación—. Hay un rastro muy sutil de un perfume. Es tan tenue que casi se ha disipado por completo, pero aún persiste. No es un perfume que reconozca de inmediato, pero su origen me resulta exótico. Probablemente se trate de un producto traído del extranjero, tal vez de Francia o más allá. Este aroma podría indicarnos algo sobre las personas que han tenido esta máscara en su poder.

Yo no podía evitar sentirme impresionado por la capacidad de observación de mi amigo. Lo que para mí era simplemente un extraño objeto de arte se estaba transformando rápidamente en un elemento clave para desentrañar un misterio mucho mayor.

—Entonces, Holmes —dije, enderezándome en mi asiento—, ¿qué cree que significa todo esto?

Holmes colocó la máscara sobre la mesa con delicadeza y se reclinó en su sillón, adoptando una postura pensativa.

—Watson, lo que tenemos aquí es más que un mero objeto decorativo o un capricho de coleccionista. Esta máscara ha viajado, ha pasado de mano en mano, y, en algún punto de ese viaje, ha sido testigo de algo importante. La inscripción, el aroma... todo apunta a un origen oscuro y extranjero, posiblemente relacionado con actividades clandestinas. Y si el coronel Tanner la ha estado guardando en secreto, acompañado de visitas sospechosas, es probable que esté involucrado en algo más turbio de lo que su esposa sospecha.

—¿Cree que podría estar implicado en algo ilegal? —pregunté, cada vez más preocupado por lo que estábamos descubriendo.

Holmes no respondió de inmediato. Su mente parecía procesar varias teorías al mismo tiempo.

—Es demasiado pronto para afirmarlo con certeza —respondió finalmente—. Sin embargo, es evidente que el coronel está lidiando con personas o grupos fuera de los límites de la legalidad. No olvidemos que el nombre de von Schäfer también apareció en el papel que la señora Tanner nos entregó. Ese hombre está vinculado con el espionaje y con operaciones encubiertas. Si el coronel está relacionado con él, podría encontrarse en una situación muy delicada.

Me quedé en silencio por un momento, asimilando toda la información.

—¿Qué sugiere hacer ahora? —pregunté.

—Lo primero es averiguar más sobre este objeto y su origen —respondió Holmes con un tono decidido—. El coronel Edward Tanner ha estado ocultando más de lo que parece y creo que no debemos perder tiempo, pero, antes de abordarlo, necesitamos más información y, para eso, hay una persona a la que deberíamos visitar: al profesor Frank Roderick.

—¿Roderick? —repetí, sorprendido—. No lo conozco. ¿Quién es y qué tiene que ver él con todo esto?

—El profesor Roderick es un experto en antigüedades y artefactos exóticos —respondió Holmes—. No es un hombre que se dé a conocer al público en general, pero en los círculos académicos lo consideran una autoridad en piezas tan inusuales como esta. Si alguien puede arrojar luz sobre el origen de esta máscara, es él.

—¿Y dónde podemos encontrarlo? —pregunté, sintiendo que nuestra investigación estaba a punto de tomar un nuevo rumbo.

Holmes se levantó de su sillón con una energía renovada.

—El profesor Roderick reside en Kensington, en una casa que prácticamente parece un museo de rarezas. Es un viejo conocido y, si la memoria no me falla, estará encantado de ayudarnos tan pronto escuche nuestra consulta. Vamos, Watson, tenemos mucho que hacer.

Sin más preámbulo, nos pusimos en marcha. Apenas habían pasado unos minutos desde que habíamos salido de Baker Street cuando un coche de caballos nos llevó en dirección a Kensington. Mientras viajábamos a través de las brumosas calles de Londres, no podía evitar sentir que estábamos acercándonos cada vez más al corazón de un misterio que no solo podía estar amenazando las vidas del coronel Edward Tanner y de su mujer, sino quizá incluso la estabilidad de algo mucho mayor.

El profesor Roderick

La niebla densa de Kensington nos envolvía mientras avanzábamos por las estrechas calles empedradas hacia la residencia del profesor Frank Roderick. Era una casa de aspecto majestuoso, antigua aunque bien cuidada, y tenía un aire de distinción que la destacaba del resto de las viviendas vecinas. Parecía más un museo que un hogar, lo que me hizo suponer que el profesor vivía rodeado de recuerdos de tiempos pasados, de objetos extraños y valiosos que había acumulado a lo largo de sus años de servicio.

Cuando finalmente nos detuvimos frente a su imponente puerta de roble, Holmes se adelantó para tocar el aldabón de bronce con la firmeza que lo caracterizaba. Minutos después, un mayordomo nos abrió la puerta con una cortesía tan rígida como la rectitud de su postura.

—El profesor está en su despacho —nos informó sin preámbulo, haciéndonos una seña para que lo siguiéramos.

Caminamos por un amplio vestíbulo adornado con armaduras de caballeros medievales y tapices de colores apagados por el tiempo. Las paredes estaban cubiertas de vitrinas con objetos de todo el mundo: estatuillas africanas, vasijas de la antigua Grecia y máscaras tribales, entre otros artefactos. El aire estaba impregnado de una fragancia extraña, una mezcla de polvo antiguo y cuero envejecido. La luz apenas lograba atravesar las ventanas altas, dando a todo el espacio un tono sepia que intensificaba la sensación de estar en un lugar fuera del tiempo.

Finalmente, llegamos a una gran puerta de caoba que daba al despacho del profesor. Al entrar, fuimos recibidos por una figura imponente que se erguía al lado de un enorme escritorio de roble. Frank Roderick era un hombre de aspecto imponente e incluso algo intimidante. Su cabello canoso y su bigote bien recortado contrastaban con su expresión severa, que sugería que a menudo se había enfrentado a situaciones no exentas de peligro.

—Señor Holmes, doctor Watson —nos saludó con una voz profunda y calculada mientras estrechaba nuestras manos con firmeza—. ¿En qué puedo ayudarles?

Holmes, siempre cortés, respondió con una ligera inclinación de cabeza.

—Es un honor, profesor. Su reputación le precede y es precisamente por su vasto conocimiento de artefactos exóticos por lo que hemos venido. Tenemos en nuestras manos un objeto que ha suscitado una serie de preguntas y pensé que usted podría ayudarnos a descifrar su origen.

El profesor levantó una ceja con un gesto de curiosidad medida y, sin saber muy bien por qué, de repente me dio la impresión de que ya sabía qué tipo de preguntas íbamos a hacerle.

—¿Un artefacto? —preguntó, centrando su atención en mi amigo.

Holmes sacó la máscara de ónix de su bolso y se la ofreció. El profesor Roderick la tomó con ambas manos, examinándola sin decir una palabra durante un largo minuto. Sus dedos pasaron por la superficie lisa con la delicadeza de alguien que sabe exactamente cómo tratar objetos valiosos.

Finalmente, tras unos instantes de silencio, se encogió de hombros.

—Es una pieza interesante, señor Holmes, pero no reconozco su origen ni puedo decirles nada más allá de lo evidente. Parece ser un artefacto de alguna cultura antigua, quizás africana o del sudeste asiático, pero nada en particular me resulta familiar.

Su respuesta fue cortés, pero había algo en su tono que me incomodó. Parecía haber despachado la pregunta demasiado rápido, como si quisiera cerrar el tema antes de que pudiéramos profundizar en él.

Holmes lo observaba detenidamente, sin apartar la mirada de sus ojos hasta que, tras unos segundos de silencio incómodo, decidió presionarlo un poco más.

—Me resulta muy curioso, profesor Roderick —comentó no sin cierto sarcasmo—. Esperaba que un hombre de su vasta experiencia reconociera al menos las inscripciones en la parte interna de la máscara. El dialecto parece ser de una lengua arcaica, aunque no puedo identificarla. Pensé que quizá usted, con su conocimiento en estos temas, podría darnos alguna pista.

Frank Roderick apartó la mirada de la máscara y se la devolvió a Holmes con una leve sonrisa, si bien sus ojos parecieron expresar una ligera incomodidad.

—Lo siento, señor Holmes —recalcó—, pero, como ya mencioné, no reconozco este objeto en particular ni las inscripciones. Estoy retirado desde hace varios años y, aunque en el pasado me he encontrado con piezas similares, no todas las antiguas culturas han dejado un registro que pueda ser fácilmente rastreado. Lamento no poder ser de más ayuda.

Su actitud siguió sin convencerme. Sus respuestas eran demasiado rápidas a la vez que calculadas, como si estuviera tratando de desviar la conversación hacia algo más trivial.

Holmes, sin embargo, mantuvo la compostura. No era la primera vez que se encontraba con alguien que intentaba ocultar información y estaba claro que había percibido la misma tensión en el profesor que yo.

—Agradecemos su tiempo, señor Roderick —comentó, inclinándose ligeramente—. Sin duda, seguiremos buscando respuestas. A veces, una pieza del rompecabezas aparece en los lugares más inesperados.

El profesor nos acompañó hasta la puerta con cortesía, lo que no impidió que me diera la sensación de que, en realidad, estaba ansioso por vernos partir. Una vez fuera de su imponente residencia, mientras caminábamos por las húmedas calles de Kensington, no pude evitar compartir mis impresiones con Holmes.

—¿Qué opina, Holmes? —pregunté, mirando hacia atrás, donde la casa del coronel desaparecía en la bruma—. Parecía demasiado deseoso de deshacerse de nosotros.

Mi amigo se giró hacia mí con una expresión que reflejaba que se mostraba completamente de acuerdo conmigo.

—Exactamente, Watson —asintió, con una ligera sonrisa—. Es evidente que nos ha mentido.

—¿Pero por qué lo haría? —pregunté—. ¡No lo entiendo!

Holmes comenzó a caminar de nuevo con pasos rápidos y decididos.

—Observé varias contradicciones en su comportamiento. Para empezar, cuando le entregué la máscara, sus ojos se detuvieron en las inscripciones antes de que mencionara no reconocerlas. Ese detalle, aunque pequeño, sugiere que sí sabía algo sobre ellas. Además, noté su incomodidad, ¿no es así? No era la incomodidad de alguien que simplemente no sabe algo, sino más bien la de alguien a quien no le gustan las preguntas que le están haciendo.

»Por otra parte, cuando le hablé del dialecto, sus dedos temblaron ligeramente al devolverme la máscara. Solo fue un pequeño detalle, imperceptible para la mayoría, pero lo suficiente como para delatar su nerviosismo. Además, su tono, aunque firme, carecía de la convicción que uno esperaría de alguien que realmente no sabe nada sobre un objeto. Todo en su lenguaje corporal expresaba a gritos que estaba ocultando algo.

—¿Pero por qué? —insistí—. ¿Cree que puede estar involucrado en algo más grande?

Mi amigo asintió.

—Estoy convencido de que el profesor sabe más de lo que está dispuesto a admitir. La pregunta ahora es: ¿qué está tratando de ocultar? Sospecho que esta máscara tiene un significado más profundo, posiblemente vinculado con operaciones internacionales o, al menos, con algo que involucra actividades clandestinas.

—¿Cree que el coronel Tanner también está implicado en esto? —pregunté, empezando a conectar los puntos.

—Es muy posible —respondió Holmes—, aunque aún no tenemos suficientes pruebas para afirmarlo. Necesitamos seguir investigando. La conexión entre la máscara, el tal von Schäfer y el coronel Tanner no es una coincidencia. El profesor Roderick nos ha dado más pistas de las que imagina, aunque solo sea por la forma en la que intentó evadir nuestras preguntas.

Holmes se detuvo en la esquina de la calle, mirando la niebla que se arremolinaba alrededor de nosotros.

—Lo siguiente que debemos hacer es descubrir qué papel juega esta máscara en todo esto, Watson, y para ello creo que es hora de investigar a Karl Verhoeven más a fondo. Si logramos rastrear sus movimientos recientes, tal vez podamos desentrañar el misterio completo.

La Orden del Ónix Negro

Nuestro siguiente destino fue Pall Mall, donde se encontraba el exclusivo Club Diógenes. La ciudad estaba envuelta en su habitual neblina gris, pero el ritmo de la metrópoli no se veía afectado por ello. Las carrozas cruzaban las calles, los transeúntes se apresuraban a sus destinos y las luces de gas parpadeaban entre la bruma como pequeños faros en un mar incesante de actividad.

Holmes caminaba deprisa, con ganas, como si quisiera resarcirse cuanto antes de la laguna de información que nos había dejado el profesor Frank Roderick con su nada convincente desconocimiento sobre el tema. Que nos dirigiéramos al Club Diógenes me dejó más que claro con quién nos íbamos a encontrar.

Aquel lugar, conocido por su selecta membresía y sus estrictas reglas sobre el silencio y la discreción, era el refugio de algunos de los hombres más poderosos e influyentes de la nación. Entre ellos, Mycroft Holmes, el hermano de mi eterno compañero, se distinguía no solo por su capacidad de análisis superior, sino por su acceso a los rincones más oscuros y secretos del gobierno británico. Si había algo en el mundo que mereciera una discusión de alto nivel, aquel era el hombre adecuado para tenerla.

Cuando llegamos a las puertas del club, fuimos recibidos por un portero uniformado que, sin decir palabra, nos condujo a una pequeña sala lateral en la que se encontraba Mycroft. Como siempre, estaba sentado en su sillón preferido, junto a una ventana que dejaba pasar una tenue luz grisácea. Su voluminoso cuerpo se hundía cómodamente en el asiento, pero sus ojos se mostraban tan vivarachos como los de su hermano.

—¡Sherlock! ¡Watson! —exclamó con una leve inclinación de cabeza, señalando dos sillas frente a él—. Me imagino que vuestra visita no es por mera cortesía. Debéis tener algo interesante que discutir.

Holmes se sentó con un ligero asentimiento y, sin rodeos, sacó la máscara de ónix de su bolsa. La colocó sobre la mesa de caoba entre nosotros y vi cómo los ojos de Mycroft se clavaron de inmediato en el objeto con una agudeza tal que contrastaba con su habitual pereza física.

—Ha caído en nuestras manos esta máscara —comenzó a explicarle mi amigo—, pero no tenemos ni la más mínima idea de si se trata de un simple objeto o si simboliza algo más complejo que se nos escapa. Quiero saber qué piensas de ello y si puedes arrojar alguna luz sobre su posible significado, ya que sospecho que guarda relación con algo que va más allá del simple coleccionismo.

Mycroft observó la máscara en silencio durante varios minutos. La levantó con sorprendente agilidad para alguien de su tamaño, girándola con una leve inclinación de cabeza. Sus ojos escrutaron cada detalle y su expresión permaneció imperturbable mientras lo hacía.

LA MÁSCARA DE ÓNIX 21

—Una pieza intrigante —comentó finalmente, depositando la máscara de nuevo sobre la mesa—. Ónix negro, tallada con gran precisión. Este no es el tipo de objeto que uno encuentra en el mercado común. ¿Dónde la conseguiste?

Holmes le explicó, en su manera directa y concisa, los detalles de cómo había llegado a nuestras manos a través de Lauren Tanner y de cómo ella temía que su marido estuviera envuelto en algún asunto turbio, relatando a continuación nuestra infructuosa visita al profesor Roderick. Mycroft escuchó todo sin interrumpir a su hermano, acomodándose en su sillón y dejando escapar un leve resoplido cuando hubo terminado de hacerlo.

—La conexión entre el coronel Tanner y von Schäfer es la clave —sentenció finalmente—. Karl von Schäfer es un nombre que aparece con demasiada frecuencia en los informes de inteligencia últimamente. Lo hemos estado siguiendo desde hace años. Su presencia en Inglaterra no es casual y sospecho que este objeto, esta máscara, está relacionada con algo mucho más grande y peligroso.

Holmes lo miró con interés, como queriendo penetrar en su mente.

—¿A qué te refieres exactamente, Mycroft? —preguntó—. ¿Qué sabes sobre este objeto?

El hermano de mi amigo suspiró de nuevo, cruzando las manos sobre su abultado vientre antes de contestar.

—Hay una organización, Sherlock, que ha estado ganando poder en los últimos años. Se mueven en las sombras, entre las más altas esferas del poder y rara vez dejan rastros de su existencia. Su nombre es mencionado en susurros en los círculos diplomáticos y de inteligencia, pero su alcance parece ser internacional. Se hacen llamar *La Orden del Ónix Negro*.

Holmes no hizo ningún gesto visible, pero yo, que al fin y al cabo lo conocía desde hace ya tantos años, pude sentir cómo su interés se intensificaba. Mycroft continuó, bajando ligeramente la voz, como si incluso en ese club exclusivo pudiera escucharnos alguien que no conviniera que lo hiciera.

—La Orden del Ónix Negro es una sociedad secreta que se dedica a actividades de espionaje internacional y manipulación política. Controlan ciertos mercados, influyen en decisiones gubernamentales y están detrás de algunos de los incidentes más misteriosos de los últimos años. No actúan como un grupo criminal común; tienen objetivos a largo plazo y sus miembros son figuras poderosas, hombres y mujeres que ocupan posiciones clave en gobiernos y corporaciones de todo el mundo.

Mi asombro era palpable. Aunque había escuchado rumores sobre organizaciones secretas, la forma en que Mycroft describía a la Orden del Ónix Negro sonaba como algo sacado de una novela, si bien el tono grave de su voz me dejó claro que esto no se trataba de una mera fantasía conspirativa.

—¿Y qué relación tiene esta máscara con ellos? —preguntó Holmes, manteniendo su voz firme.

—El ónix negro es el símbolo de la Orden —respondió Mycroft—. Todos sus miembros más influyentes llevan objetos de este material. Un anillo, un collar o, en este caso, una máscara. Son símbolos de su poder y su control sobre el destino de naciones enteras. La presencia de esta máscara sugiere que el coronel Tanner está, de alguna manera, vinculado a ellos. Si posee este objeto, es probable que o bien sea parte de la Orden, o bien esté involucrado en algún negocio con ellos. Y si Karl von

Schäfer también está en el juego, entonces estamos hablando de un asunto extremadamente delicado.

Me sentí como si una nube de conspiración envolviera aquella pequeña sala. Los nombres de Tanner y von Schäfer ahora estaban asociados con algo mucho más peligroso de lo que había imaginado. No se trataba simplemente de una extraña pieza de arte, sino de una organización con tentáculos en los rincones más oscuros del poder global.

Holmes permaneció en silencio durante varios minutos, mirando la máscara como si estuviera buscando una respuesta que todavía se le escapaba. Finalmente, se volvió hacia su hermano.

—Si lo que dices es cierto, entonces el coronel Tanner podría estar en una situación peligrosa. O bien está involucrado de lleno en las actividades de esta Orden o es una pieza en su juego. En cualquier caso, debemos actuar con cautela. ¿Qué sugieres, Mycroft?

El aludido, que rara vez aconsejaba la acción directa, se tomó un momento antes de responder.

—Sugiero que sigas el rastro de von Schäfer —dijo lentamente—. Él es la clave para desentrañar todo esto. Si puedes descubrir sus movimientos recientes y su conexión con Tanner, podrías descubrir el propósito de la Orden en este asunto. Pero debes ser extremadamente cuidadoso, Sherlock. La Orden no es una organización que se pueda tomar a la ligera y, si están en medio de una operación, no dudarán en eliminar a cualquiera que interfiera.

—Como siempre, mi querido Mycroft, tu consejo es oro —dijo Holmes, poniéndose de pie—. Von Schäfer será nuestro próximo objetivo, pero antes, necesitaremos más información.

No puedo depender solo de suposiciones. Necesito algo más tangible para continuar.

Mycroft asintió y se levantó lentamente.

—Puedes utilizar mis contactos en el gobierno si es necesario, aunque me imagino que preferirás hacerlo como siempre, en solitario, o, como mucho, confiando únicamente en nuestro ya viejo amigo, el doctor Watson. En todo caso, ten mucho cuidado y recuerda que la Orden tiene ojos en todas partes. Buena suerte, Sherlock.

Con esas palabras, nos despedimos de Mycroft y salimos del club, dejando atrás la comodidad de la discreta sala para volver a las frías y húmedas calles de Londres.

—¿Qué opina, Watson? —preguntó Holmes mientras subíamos a un carruaje.

—Que estamos caminando sobre terreno muy peligroso, Holmes —respondí con sinceridad—. Esta Orden parece tener un alcance mayor de lo que habíamos imaginado. Si están detrás de esta máscara, entonces no es solo el coronel Tanner el que corre peligro, sino también su mujer... e incluso nosotros mismos.

Holmes me miró con una leve sonrisa y, a la vez, con una sombra de preocupación en su mirada.

—Así es, Watson. Pero es precisamente por eso que debemos continuar. La verdad está ahí, esperándonos, y no nos detendremos hasta que la saquemos a la luz.

Intercambios en las sombras

Los siguientes días los pasamos íntegramente lejos de Baker Street, vigilando todos los movimientos del coronel Edward Tanner y observándolo con paciencia desde las sombras mientras Londres continuaba su incesante actividad. Era más que evidente que aquel hombre llevaba una doble vida cuyos aspectos más siniestros debíamos descubrir, lo que no tardamos en hacer y en el peor sentido que uno pudiera imaginar.

Con la connivencia de Lauren Tanner, a quien habíamos informado de lo que íbamos a hacer a fin de recabar datos sobre las costumbres de su marido, cada noche Holmes y yo nos apostábamos en distintos puntos estratégicos cercanos a la residencia del coronel, siguiendo su rastro cuando salía. Sus hábitos nocturnos se volvían cada vez más intrigantes. A menudo, después de que todo enmudecía y se apagaba, el coronel salía sin compañía, cruzando las callejuelas desiertas de Londres en algo que estaba más que claro que no eran meros paseos nocturnos.

—Este hombre se mueve con el sigilo de un cazador —comentó Holmes en una ocasión mientras observábamos al coronel desde una esquina oscura—. No es solo un militar retirado, Watson. Ha sido entrenado para evadir a los ojos curiosos y parece que sus habilidades siguen estando en plena forma. Debemos ser muy cuidadosos para que no nos descubra.

Aquella noche, el cielo estaba cubierto por una densa capa de nubes y la luz de la luna apenas alcanzaba a filtrarse, sumiendo la ciudad en una oscuridad casi absoluta. Las luces de gas titilaban como pequeños faros dispersos entre las calles, proyectando sombras difusas y creando un ambiente que parecía hecho a medida para alguien que quisiera pasar desapercibido. Mientras seguimos al coronel, la bruma se intensificaba y el sonido lejano del río Támesis se mezclaba con el eco de nuestros pasos sobre los adoquines mojados.

El coronel avanzaba por los suburbios de Londres, adentrándose en barrios menos transitados, donde las casas y los edificios se volvían cada vez más deslucidos. Finalmente, después de cruzar varias callejuelas angostas, se detuvo frente a un callejón oscuro y se adentró en él sin dudar.

—¿Qué cree que hará ahora, Holmes? —le pregunté en un susurro, mientras ambos nos ocultábamos tras un muro cercano.

—Es evidente que esta no es una simple caminata, Watson. Tiene una cita. Lo que me intriga es con quién.

Nos acercamos sigilosamente al callejón, manteniéndonos en las sombras para no ser detectados. Desde nuestra posición, podíamos ver al coronel en la penumbra. No estaba solo. Un hombre alto y delgado, con una capa oscura, se había acercado a él y ahora ambos conversaban en susurros. La luz de una farola cercana apenas iluminaba sus figuras, pero, a pesar de la oscuridad, se podía percibir la tensión en el aire.

—Es una transacción, Watson —murmuró Holmes—. Mire cómo el coronel saca esos papeles. Algo valioso está en juego.

LA MÁSCARA DE ÓNIX

En efecto, el coronel había sacado un sobre de aspecto voluminoso de su abrigo y lo entregaba al hombre con quien se había reunido. El otro, a su vez, le extendió lo que parecía un fajo de billetes. El intercambio fue rápido, limpio, como si ambos hubieran realizado este tipo de transacciones en más de una ocasión.

—¿Cree que es dinero lo que intercambian? —pregunté en voz baja.

—Podría ser —respondió Holmes—. Pero lo que me preocupa son esos documentos. Si el coronel está vendiendo algo, le apuesto lo que quiera a que no se trata de información banal. Este hombre no es un simple ladrón o criminal. Hay algo mayor en juego aquí.

En un movimiento casi imperceptible, Holmes se agachó y me indicó que lo siguiera. Nos desplazamos en silencio, bordeando los muros del callejón, acercándonos lo suficiente como para escuchar algunos fragmentos de la conversación.

—...como se acordó. Este es el último envío —dijo el coronel con un tono que parecía grave y controlado.

—El último por ahora —respondió el otro hombre de forma tajante y con una voz llena de autoridad y caracterizada por un marcado acento alemán—. Pero habrá más y lo sabes. Tu país tiene muchos secretos, coronel, y nosotros estamos dispuestos a pagar lo necesario por ellos.

Holmes me lanzó una mirada rápida que confirmaba lo que ya habíamos sospechado: Tanner estaba involucrado en algo mucho más siniestro de lo que podríamos haber imaginado. No se trataba simplemente de un intercambio ilegal; Tanner parecía estar vendiendo secretos de Estado y su comprador representaba claramente a una potencia extranjera.

—Tenemos que ver qué está vendiendo exactamente —susurró Holmes, señalando el sobre que ahora el otro hombre guardaba en su capa.

—¿Cómo lo haremos? —pregunté, sintiendo que el peligro se cernía sobre nosotros.

Holmes no respondió de inmediato. Sus ojos escudriñaron el entorno, buscando alguna oportunidad. Entonces, en un movimiento inesperado, lanzó una pequeña piedra hacia el extremo opuesto del callejón, donde una pila de cajas y barriles se encontraba apilada. El ruido fue suficiente como para distraer a los dos hombres por un breve instante.

—Ahora, Watson —dijo Holmes con firmeza.

Aprovechando el momento de confusión, Holmes se lanzó hacia adelante con sorprendente rapidez y destreza, arrebatando uno de los papeles que sobresalía del abrigo del hombre encapuchado. Apenas lo tuvo en sus manos, retrocedió rápidamente antes de que pudieran notar nuestra presencia.

Nos retiramos lo más rápido que pudimos, ocultándonos nuevamente en las sombras mientras el coronel y su misterioso comprador miraban en dirección contraria, buscando el origen del ruido. Por un momento, pensé que nos habían descubierto, pero tras unos segundos de duda, los dos hombres retomaron su intercambio, convencidos de que el sonido había sido accidental.

Holmes y yo, ahora a salvo, nos detuvimos en una calle adyacente, donde él desplegó el papel que había logrado sustraer. A la luz de una lámpara cercana pudimos ver de inmediato la gravedad de lo que teníamos ante nosotros.

—Esto es... increíble —murmuré mientras leía lo que estaba escrito.

El documento que Holmes había interceptado era un mapa detallado de una base militar británica en construcción, junto con un listado de códigos de comunicación y frecuencias estratégicas. Eran secretos militares de la más alta relevancia, información que, en las manos equivocadas, podría comprometer la seguridad del país entero.

—El coronel está vendiendo secretos militares —dijo Holmes con voz contenida—. Y no se trata de secretos menores, Watson. Este es el tipo de información que podría cambiar el equilibrio de poder en Europa.

Mis manos temblaban ligeramente mientras sostenía el papel. No podía creer que un hombre como el coronel Tanner, un veterano respetado y condecorado, estuviera traicionando a su propio país de esta manera. Sin embargo, los hechos eran innegables y ahora teníamos pruebas.

—¿Qué haremos ahora, Holmes? —pregunté, consciente de que la situación era mucho más peligrosa de lo que habíamos previsto.

Holmes guardó el documento en el bolsillo interior de su abrigo y se volvió hacia mí con una expresión grave en el rostro.

—Debemos actuar con extrema cautela, Watson. No podemos acusar al coronel sin pruebas contundentes y este documento es solo el comienzo. Necesitamos más información, más evidencias, si bien lo más importante ahora es descubrir quién es este hombre con el que se está reuniendo. Si conseguimos identificarlo, podremos desmantelar toda esta operación antes de que cause un daño irreparable.

Asentí, entendiendo la gravedad de la situación.

Holmes miró hacia el oscuro callejón donde aún podíamos ver las siluetas de los dos hombres, ahora alejándose en direcciones opuestas.

—No hemos visto el final de esto, Watson. Este es solo el comienzo —me susurró Holmes.

Las próximas horas serían cruciales. Habíamos destapado una red de traición y espionaje internacional, pero aún quedaba mucho por descubrir.

Preparando la infiltración

De vuelta en Baker Street, tras nuestra intensa experiencia en los oscuros callejones de Londres, Holmes y yo nos sentamos frente a la chimenea. Incapaces de dormir por la magnitud de lo que habíamos descubierto, ambos nos quedamos sumidos en nuestros propios pensamientos. Las andanzas de Tanner habían quedado en un segundo plano, totalmente desplazadas en importancia por algo tan grave como la transacción de secretos militares en un momento en el que Europa se estaba convirtiendo en un polvorín.

—Watson —rompió el silencio Holmes—. ¿Se ha dado cuenta de algo en particular sobre el hombre que se reunió con el coronel?

—Aparte de su aspecto sospechoso y de su comportamiento furtivo, no mucho, la verdad —admití, rememorando la figura alta y delgada envuelta en una capa que apenas habíamos logrado vislumbrar.

Holmes se levantó de su asiento, caminando de un lado a otro de la habitación mientras meditaba en voz alta.

—Sus movimientos, su porte... No es un simple intermediario, Watson. Este hombre está entrenado en el arte del espionaje y, si mi deducción es correcta, su identidad no es ningún misterio.

—¿Quién cree usted que es, Holmes?

—El mismo Karl von Schäfer cuyo nombre aparecía en la nota que se le cayó a uno de los visitantes de Tanner y el mismo del que nos habló Mycroft —respondió tras una breve pausa—. Alguien muy peligroso si tenemos en cuenta lo que mi hermano nos contó de él.

Me quedé sin habla por un momento.

—¿Está seguro, Holmes? —pregunté, queriendo negar lo evidente.

—Estoy convencido, Watson. Su forma de moverse, la transacción rápida y meticulosa y ese acento alemán... todo apunta a que estamos lidiando con un espía profesional. La pregunta es por qué Schäfer está aquí en Londres.

—¿Y qué papel cree que juega esa máscara, Holmes?

—La máscara, Watson, es más que un simple símbolo. Mycroft mencionó una organización llamada la Orden del Ónix Negro, un grupo envuelto en espionaje internacional. Si Schäfer está involucrado y el coronel Tanner está vendiendo secretos militares, es probable que esta máscara sea un pase entre los miembros de dicha sociedad secreta. Un símbolo que otorga acceso a sus reuniones y garantiza la lealtad de sus portadores.

Me quedé pensando en lo que acababa de decir, cada vez más asustado por las dimensiones que estaba tomando todo aquello

—¿Cómo podemos confirmar todo esto, Holmes? —fue lo único que se me ocurrió decir.

Holmes sonrió ligeramente, con esa chispa de desafío en los ojos que indicaba que ya había ideado un plan.

—De momento, querido amigo, yéndonos a dormir, que creo que nos merecemos volver a la cama después de varias noches a la intemperie. Después, haremos lo posible por infiltrarnos en una de sus reuniones, Watson. Si la máscara es el pase, entonces la clave está en encontrar el lugar y momento exactos en los que estos hombres se reúnen. Ahí es donde descubriremos la magnitud de esta conspiración y su verdadera finalidad.

PESE AL CANSANCIO QUE arrastraba, aquella noche no dormí demasiado bien. Aunque confiaba en Sherlock Holmes, la idea de infiltrarnos en una sociedad secreta de espionaje me provocaba una mezcla de miedo y emoción que no conseguía quitarme de encima, sobre todo cuando me daba cuenta de que la primera de esas dos sensaciones era la predominante.

—¿Y cómo encontraremos el lugar donde se reúnen todos esos espías y conspiradores? —fue lo primero que le pregunté a Holmes al día siguiente cuando nos encontramos frente al generoso desayuno que nos había traído la señora Hudson.

—Ya he comenzado a atar cabos, mi querido amigo —me contó, desplegando ante mí varios artículos y notas—. Algunos incidentes recientes, aparentemente desconectados, han llamado mi atención. Hay informes de reuniones secretas en distintas partes de Londres, en clubes privados y mansiones apartadas. Lugares que parecen haber sido reservados para ocasiones especiales y discretas. Sin embargo, por lo que he podido averiguar mientras usted roncaba, en varias de estas reuniones se ha mencionado la presencia de asistentes que llevaban máscaras negras.

Me incliné hacia adelante para examinar los recortes y pedazos de papel que Holmes había dispuesto delante de mí. En uno de ellos, un testigo había informado sobre un «extraño banquete» en una mansión a las afueras de Londres en el que algunos de los asistentes llevaban máscaras. Otro artículo mencionaba una reunión en un club privado, donde ciertos individuos parecían hablar en lenguajes cifrados y utilizar símbolos misteriosos.

—Parece que estas reuniones son más frecuentes de lo que pensaba —expresé, sorprendido por la cantidad de indicios que Holmes había sido capaz de recopilar en tan poco tiempo.

—Exactamente, Watson. Y gracias a estas pistas, estoy seguro de que podemos identificar el lugar y la hora de la próxima reunión de la Orden del Ónix Negro. Será en una semana, en una mansión en los límites de Richmond. Un lugar discreto, apartado, donde los miembros de la sociedad podrán reunirse sin llamar la atención.

No pude contenerme más.

—¡Pero Holmes! ¿Acaso ha dormido usted algo? ¿Cómo es posible que, a estas horas de la mañana, conozca usted ya tantos detalles?

Se limitó a reír, sin responderme.

La decisión estaba tomada. Nos infiltraríamos en la reunión y, para hacerlo, necesitaríamos una máscara de ónix, ya que solo disponíamos de la que nos había traído Lauren Tanner.

—Tendremos que disfrazarnos adecuadamente —me comentó—. La máscara es crucial, pero también necesitaremos trajes formales que coincidan con el perfil de los asistentes. Es vital que consigamos todo esto para que podamos entrar en la organización sin levantar sospechas. No haremos otra cosa en los próximos días, Watson. Nuestra vida depende de que cuidemos hasta el más mínimo detalle, por insignificante que nos parezca.

LOS DÍAS SIGUIENTES fueron un torbellino de preparativos. Hablando con varias personas a las que yo no había visto en mi vida y que me llevaron a preguntarme a cuánta gente podía llegar a conocer mi amigo en Londres, Holmes se encargó de asegurarse de que, debidamente ataviados, no encontráramos problemas para nuestra infiltración en la mansión de Richmond.

Una tarde, apareció en Baker Street con una máscara que, según me contó, había conseguido gracias a su hermano Mycroft. Era tan inquietantemente similar a la que nos había traído Lauren Tanner que, cuando me la probé por primera vez, no pude evitar sentir un escalofrío recorriéndome la espalda.

Finalmente, la noche de la reunión llegó. Nos dirigimos hacia Richmond en un carruaje alquilado, vestidos con trajes formales y con las máscaras ocultas bajo nuestros abrigos. Mientras el carruaje se acercaba a la mansión, sentí cómo mi corazón comenzaba a latir más rápido. Sabía que una vez dentro, todo dependería de nuestra capacidad para pasar desapercibidos entre los miembros de una de las organizaciones más peligrosas del mundo.

Holmes, en cambio, parecía tranquilo, con la mente fría y preparado para cualquier eventualidad que pudiera presentarse y que me imagino que él ya habría previsto en su mente privilegiada.

—Una vez dentro, Watson —dijo Holmes mientras nos acercábamos a nuestro destino—, debemos observar y escuchar con atención. Cada palabra y cada gesto que veamos pronunciar o hacer puede ser clave para desvelar los secretos de esta sociedad. Recuerde que debemos mantenernos en todo momento en un segundo plano. Un solo paso en falso y todo estará perdido.

Asentí, consciente de la gravedad de la situación. Nos esperaba una noche llena de peligros, pero esperaba que también de revelaciones.

Dentro de la Orden

Cuando nos encontramos ante el imponente portón de hierro de la mansión de Richmond, un lugar que parecía haber sido elegido deliberadamente por su aislamiento y discreción, tuve claro que ya no había vuelta atrás. Desde el carruaje apenas se distinguían las torres del edificio entre la bruma y, aunque el silencio reinaba en el exterior, había algo ominoso en el aire, como si el lugar estuviera cargado de secretos oscuros.

Holmes y yo descendimos del carruaje. Vestidos con trajes oscuros y elegantes, parecíamos ser dos más de los asistentes a aquel evento clandestino.

El portero, una figura alta y sombría, abrió la puerta sin decir palabra, limitándose a hacer un leve gesto de invitación. Entramos a un vestíbulo iluminado por candelabros antiguos, cuyas luces titilaban tenuemente. Las paredes estaban cubiertas con tapices oscuros y en el aire flotaba un ligero aroma a incienso, añadiendo un toque místico a la atmósfera. Caminamos con paso firme, sabiendo que el mero hecho de titubear levantaría sospechas que no nos convenían a ninguno de los dos.

Holmes, disfrazado, llevaba puesta la máscara de ónix que Lauren Tanner nos había traído cuando nos sumergió de lleno en aquella aventura. Su disfraz era impecable y su manera de caminar y de moverse entre los demás asistentes indicaba que estaba controlando plenamente la situación. Por mi parte, yo seguía sus pasos, tratando de imitar su aplomo y asegurándome de que mi máscara permaneciera en su sitio. Mi pulso se aceleraba a cada paso que dábamos dentro de aquel ambiente sombrío y desconocido.

—Recuerde, Watson —me había susurrado Holmes mientras nos acercábamos a la entrada—, manténgase en silencio y, a no ser que le pregunten algo, limítese a observar. Necesitamos obtener tanta información como sea posible, pero cualquier palabra fuera de lugar puede costarnos la vida.

Una vez dentro, fuimos conducidos a una gran sala iluminada solo por velas, cuyos parpadeos proyectaban sombras sobre las paredes. La reunión ya había comenzado y en el centro de la sala, sobre una tarima elevada, se encontraba la figura que presidía la asamblea. Cubierto con una capa negra y una capucha que le ocultaba el rostro, el líder de la Orden del Ónix Negro exudaba una presencia autoritaria. Aunque no podíamos ver su rostro, su voz era grave y resonaba con poder mientras se dirigía a los asistentes, quienes, como nosotros, también llevaban máscaras.

—¡Bienvenidos, hermanos! —gritó el encapuchado, provocando que su voz reverberara en la sala—. Esta noche, nos reunimos una vez más bajo el símbolo que nos une, el ónix negro, para discutir los próximos pasos que asegurarán nuestra influencia y poder en este país.

A nuestro alrededor, un grupo de hombres enmascarados escuchaba en completo silencio. Todos parecían estar inmersos en las palabras de su líder, que hablaba con una autoridad inquebrantable. Holmes y yo permanecimos en la parte trasera de la sala, mezclándonos con los demás y atentos a cada palabra pronunciada por aquel hombre.

El encapuchado continuó.

—Nuestra causa está más cerca de su culminación que nunca. Como muchos de ustedes ya saben, los contactos que hemos establecido en el extranjero han dado sus frutos. Nuestros infiltrados en el gobierno británico nos han conseguido una valiosa información militar que pronto entregaremos a nuestros aliados en Europa. Pero ese es solo el primer paso.

Mi corazón dio un vuelco. No me costó imaginar que, con aquella revelación, se refería a la transacción entre el coronel Tanner y el misterioso hombre de la capa al que Holmes había identificado como un espía alemán. Aunque no se hubiera pronunciado su nombre, aquella era la confirmación de que los secretos que había estado vendiendo resultaban vitales para lo que fuera que aquellos conspiradores tuvieran en mente.

Holmes me miró de reojo, como si me hubiera leído los pensamientos. Sin embargo, las sorpresas no habían acabado y la siguiente declaración del encapuchado me dejó sin aliento.

—El segundo paso —continuó el líder, con una frialdad que heló el ambiente— es llevar a cabo una operación en suelo británico. No solo buscamos la información de lo que les hace débiles, sino que debemos asegurarnos de que nuestra influencia en la isla quede fuera de duda. ¡Cometeremos un atentado en las próximas semanas! Un golpe en el corazón de este Imperio que debilitará sus defensas y enviará un claro mensaje a nuestros enemigos: nadie puede detener a la Orden del Ónix Negro.

Un murmullo recorrió la sala. Holmes y yo intercambiamos una mirada rápida, comprendiendo de inmediato la gravedad de la situación. La máscara o las correrías nocturnas del coronel

Tanner ya no tenían importancia. Todo había sido desplazado por el anuncio abierto y sin ningún disimulo de aquel atentado.

El encapuchado continuó explicando los detalles, aunque con cautela. No mencionaba directamente el lugar ni la fecha del crimen, pero sus palabras dejaban claro que la operación estaba ya en marcha y que los hombres reunidos en esa sala serían los responsables de llevarla a cabo.

—El tiempo se agota —prosiguió—. Aquellos de ustedes que estén involucrados en la fase final de la operación, recibirán instrucciones detalladas esta misma noche. Todos los demás, permanezcan atentos y sigan nuestras órdenes. Ningún movimiento que hagamos debe ser detectado. La seguridad de la Orden depende de nuestra habilidad para operar en las sombras.

Mientras el líder hablaba, Holmes me hizo una leve señal con la cabeza, indicándome que nos moviéramos. Debíamos actuar rápidamente antes de que la reunión llegara a su fin y los asistentes se dispersaran. Nos deslizamos con cuidado hacia el lado opuesto de la sala, donde nos topamos con alguien que tenía la misma fisonomía que el coronel Tanner, lo que había llegado a memorizarme a fuerza de seguirlo todas aquellas noches.

Nos acercamos lo suficiente como para observarlo de cerca. Su postura era extremadamente rígida. Aunque mantenía la compostura y, como todos, llevaba puesta la máscara, había algo en él que parecía revelar una innegable incomodidad. Imaginé que, con aquella declaración por parte del líder de la organización, se dio cuenta de que estaba participando en algo mucho más grande de lo que había sido capaz de prever.

Cuando la reunión comenzó a llegar a su fin, el encapuchado finalizó su discurso con un tono ominoso.

—Recuerden, hermanos —dijo—, la lealtad a la Orden está por encima de todo. Aquellos que traicionen nuestra causa pagarán el precio más alto.

Con esas palabras, la asamblea se disolvió lentamente. Los asistentes se levantaron de sus asientos y comenzaron a retirarse en silencio, uno por uno, como sombras desvaneciéndose en la noche. Holmes y yo nos mantuvimos al margen, esperando el momento oportuno para retirarnos sin ser detectados.

Cuando finalmente salimos al exterior, el aire fresco de la noche me pareció la mejor medicina que alguien puede recibir en la vida y solo entonces me di cuenta de lo aterrado que había estado durante toda la reunión. El carruaje nos esperaba en la entrada y subimos en silencio, sabiendo que habíamos presenciado algo que, de no actuar con rapidez, tendría consecuencias muy catastróficas.

Ninguno de los dos nos atrevimos a hablar hasta que no llegamos a Baker Street.

—¿Qué opina, Holmes? —pregunté finalmente, cuando nos encontramos en la seguridad de nuestros aposentos.

Holmes permaneció pensativo por un momento antes de responder.

—No creo que haya mucho que explicar, Watson. Hemos confirmado nuestras sospechas. Edward Tanner está involucrado en una trama de espionaje, pero lo más importante es que la Orden del Ónix Negro está planeando un atentado en suelo británico. Debemos actuar con rapidez. El tiempo corre y cada segundo cuenta.

La ejecución

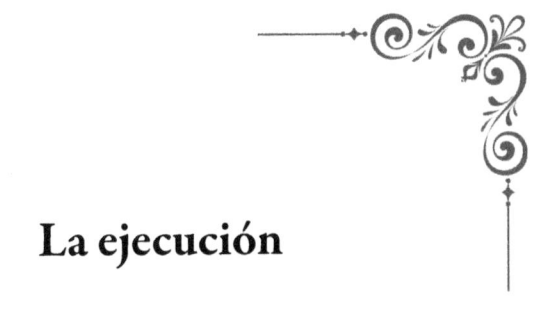

No me extrañó lo más mínimo que, a la mañana siguiente, de nuevo Sherlock Holmes se hubiera levantado mucho antes que yo. Quienes hayan leído las aventuras que he ido escribiendo a lo largo de los años conocerán de sobra sus capacidades casi sobrehumanas para aguantar sin dormir siempre que algo emocionante lo recorría por dentro y, en contrapartida, el tan dañino letargo que se apoderaba de él cuando no tenía nada jugoso entre manos que estimulara su intelecto.

En aquella ocasión, la vida de un hombre estaba en juego y, yendo más allá de eso, también la seguridad de todo un país, motivo por el cual, cuando me acosté tras nuestra inclusión en aquella reunión clandestina, tuve muy claro que mi amigo se pegaría toda la noche en vela haciendo todo lo posible por adivinar sus próximos movimientos a fin de adelantarse a ellos.

—La Orden del Ónix Negro es una organización mucho más peligrosa de lo que imaginábamos —fueron sus primeras palabras tan pronto me vio aparecer—. Están organizados, tienen recursos y su influencia llega a las altas esferas del poder. Este atentado que planean no es un simple acto de terrorismo. Es algo calculado, destinado a desestabilizar el gobierno británico en su mismo núcleo.

—Pero, ¿cómo vamos a detenerlos? —pregunté, tratando de comprender el plan de Holmes—. Aún no sabemos a quién planean atacar ni cuándo ocurrirá el atentado.

Holmes me miró con la intensidad de alguien que ya había sido capaz de llegar a conclusiones.

—Ah, pero sí sabemos más de lo que parece, Watson —afirmó, girándose hacia mí—. El hecho de que la Orden del Ónix Negro esté vinculada con el espionaje y que mencionaran contactos en el extranjero nos da una pista. El objetivo debe de ser alguien que se encuentra en una posición de poder, alguien cuyas decisiones influyan en los asuntos de seguridad nacional y relaciones internacionales. No puede ser un ataque cualquiera; debe ser dirigido hacia una figura clave.

De repente, varios sonidos secos retumbaron en la puerta principal. Eran llamadas insistentes, como si alguien acudiera a nosotros con desesperación y urgencia. Holmes me lanzó una mirada de alerta y ambos nos dirigimos rápidamente a la entrada. Cuando abrí la puerta, me encontré con un mensajero con el rostro pálido y la respiración agitada a causa de las prisas o quizá por haber subido a toda velocidad las escaleras que conducían a nuestras habitaciones.

—Señor Holmes —comenzó a decir, extendiéndonos un telegrama—. Un mensaje urgente para usted.

Holmes tomó el papel con rapidez y lo desplegó. Sus ojos recorrieron las líneas en silencio y vi cómo su expresión cambió y se endureció de repente. Después de un instante que pareció eterno, me entregó el telegrama. Cuando mis ojos se posaron en el mensaje, sentí un escalofrío recorrerme.

Coronel Tanner encontrado muerto en su casa esta mañana. Circunstancias sospechosas. Presunto suicidio.

—No puede ser —murmuré, incrédulo.

Una profunda sensación de culpabilidad se apoderó de mí. Aunque aquel hombre no había sido más que un traidor a su país, juro que había sido capaz de percibir su angustia cuando el encapuchado había comunicado la intención de la Orden de perpetrar un atentado y siempre tendré muy claro que, en aquel instante, se arrepintió de lo que había hecho.

Completamente centrados en la Orden y en el efecto que nos produjo el anuncio del atentado, nos olvidamos por completo de la integridad de aquel hombre.

Holmes se mostró igual de crítico.

—Era cuestión de tiempo y no supimos verlo. El coronel Tanner sabía demasiado. La Orden no podía arriesgarse a que hablara y lo han silenciado antes de que pudiera comprometerlos. Hemos fracasado estrepitosamente, Watson. Una mujer acudió a nosotros para que protegiéramos a su marido y hemos hecho de todo menos lo que ella nos pidió —sentenció con extrema dureza y visiblemente compungido.

—¿Suicidio? —pregunté, queriendo en parte cambiar de tema y disipar aquella sensación mutua—. No puedo imaginar que un hombre como él haya decidido quitarse la vida, si bien anoche me pareció notar...

—Coincidimos, Watson —me interrumpió Holmes—. Sin que sepamos nada sobre las circunstancias en las que han encontrado el cuerpo, está claro que no se trata de un suicidio. La Orden está limpiando su rastro. Ya habían obtenido todo lo que quería de Tanner y no han hecho otra cosa más que eliminar los cabos sueltos. Por otra parte, este asesinato nos deja muy claro cuál es la calaña de la gente a la que nos enfrentamos, además de que nos priva de una pieza clave del rompecabezas y del hombre que podría habernos llevado al conocimiento de la identidad de todos los que se esconden tras las máscaras.

Holmes se dirigió de nuevo a su escritorio y sacó un mapa de Londres, extendiéndolo sobre la mesa. Sus dedos recorrieron diversos puntos en el mapa, mientras murmuraba para sí mismo. Estaba buscando algo, un patrón o una conexión que aún no habíamos visto.

—Todo lo que escuchamos anoche más el asesinato de Tanner no hacen otra cosa más que confirmar que la operación está en marcha —continuó Holmes—. No podemos perder más tiempo. La Orden necesita a alguien en una posición de poder para que su atentado tenga impacto. Debemos concentrarnos en los altos funcionarios del gobierno británico que han estado en contacto con información sensible recientemente y me temo que esta vez vamos a tener que aventurarnos si no queremos que se produzca una nueva muerte. Olvídese de todo cuanto me haya oído decir en el pasado. Ahora no tenemos tiempo como para perderlo en Baker Street haciendo deducciones.

Me sorprendieron enormemente aquellas palabras e imaginé que las decía a causa de la sensación de culpa que nos había producido la muerte de Edward Tanner y, sobre todo, el hecho de tener que explicárselo a la que había sido su mujer.

—¿Tiene alguna sospecha de quién podría ser el objetivo? —pregunté, esperando que Holmes ya hubiera atado los cabos.

—¿Por qué no apostar a lo máximo, Watson? —dijo, golpeando el mapa con el dedo—. ¿Qué figura, en este momento, representa un riesgo para los intereses de la Orden o para cualquier enemigo de Inglaterra? Piense en alguien con acceso a información militar crítica y que tenga una influencia clave en la defensa del imperio.

La respuesta me salió sola, sin pensar.

—¿El primer ministro? —aventuré, casi con temor al pronunciar aquellas palabras.

Holmes asintió mediante un movimiento brusco.

—Es el mismo en el que yo pienso, Watson. El primer ministro ha estado en negociaciones delicadas con varias potencias extranjeras y su liderazgo es crucial para mantener el equilibrio en este momento de tensión internacional a causa de las fricciones que está provocando el colonialismo. Si logran eliminarlo, crearán un vacío de poder y, con la información militar que han robado, podrían dominar por completo la situación en favor de sus aliados.

Nos miramos en silencio, conscientes de la gravedad de la situación. Si Holmes estaba en lo correcto, el tiempo que nos quedaba era escaso. El atentado podía ser inminente y la vida de una de las figuras más importantes del país pendía de un hilo.

Holmes guardó el mapa y se colocó su abrigo rápidamente.

—No podemos quedarnos aquí, Watson. Debemos alertar a Mycroft y al gobierno de inmediato. Cada minuto que perdemos nos acerca más a la tragedia.

Nos dirigimos a la puerta con paso firme. La carrera contrarreloj había comenzado y sabíamos que cualquier retraso podría significar el éxito del plan de la Orden del Ónix Negro. Salimos de Baker Street con tan solo una pregunta resonando en mi mente: ¿llegaríamos a tiempo para evitar el atentado?

Una trampa para un espía

La noticia de la muerte del coronel Tanner fue como un toque de alarma que resonó por todo Londres, una advertencia de que la Orden del Ónix Negro no dudaría en eliminar a cualquiera que se interpusiera en su camino. Sin embargo, pensándolo con cierta calma, también fue su mayor error, puesto que, si hasta entonces sus integrantes podían haber pasado más o menos desapercibidos, la ejecución de Tanner no hizo más que poner a todos en guardia y que no tuviéramos ya la más mínima duda sobre cuál debía ser el próximo objetivo: Karl von Schäfer, uno de los agentes más astutos y peligrosos al servicio del espionaje alemán.

Aunque sin llegar a verlo con claridad, Holmes ya lo había identificado como el hombre con el que el coronel Tanner se había reunido en aquel callejón oscuro, intercambiando secretos militares como si fueran simples baratijas. Ahora, Schäfer era el único que podía tener la clave para desentrañar el enigma de la Orden y, más importante aún, para revelar la identidad de su líder encapuchado.

—Watson —dijo Holmes con determinación—, nuestra única oportunidad de evitar este desastre es capturar a von Schäfer. No solo es parte de esta conspiración, sino que probablemente sea uno de los pocos que conoce la identidad del verdadero cerebro detrás de la Orden.

—¿Pero cómo lo encontraremos? —pregunté, después de que mi amigo me hubiera contado su enorme habilidad para desaparecer como un fantasma cuando lo perseguían.

Holmes me lanzó una mirada que dejaba claro que ya había anticipado esa pregunta.

—Con una trampa, Watson. Para atrapar a una criatura tan astuta como von Schäfer, debemos atraerla con algo que no pueda resistir.

En ese momento me di cuenta de que nuestra salida apresurada de Baker Street no había sido hecha para acudir al Club Diógenes, a Scotland Yard o incluso al Parlamento, sino que no tenía otro propósito más que movilizar a su habitual red de contactos, esos misteriosos personajes que siempre aparecían cuando menos lo esperábamos y que parecían estar al tanto de todos los rumores y secretos que se cocían en los rincones más oscuros de Londres.

—¿Los Irregulares? —pregunté con una mezcla de sorpresa y escepticismo.

—Como una pieza más del engranaje, mi querido Watson —me confirmó—. Solo que esta vez no podemos esperar cómodamente en Baker Street a que acudan a nosotros, sino que debemos ser nosotros los que vayamos a buscarlos. La urgencia de la situación así lo requiere.

Nada más acabó de decir aquellas palabras, divisamos a lo lejos a nuestro ya bien conocido Wiggins, su líder.

—¿Señor Holmes? —preguntó, abriendo la boca desmesuradamente a causa de la sorpresa que debió de producirle el hecho de vernos por aquellas calles en vez de ser él el que hubiera acudido a nuestro apartamento, como era habitual.

Holmes no se anduvo con rodeos.

—Wiggins, un peligroso espía alemán que responde al nombre de Karl von Schäfer pero que puede que se oculte tras un nombre e identidad falsa está en la ciudad. Necesitamos encontrarlo antes de que desaparezca. Sabemos que tiene vínculos con ciertos círculos en el este de Londres y, por lo que sé de él por otros casos que he tenido en el pasado, podría estar moviéndose por los distritos portuarios. Quiero que tú y tus muchachos estéis atentos a cualquier movimiento sospechoso en esos lugares. Buscad cualquier señal de un hombre alto, rubio, con acento alemán, pero no os acerquéis demasiado. Solo necesito saber dónde está.

Wiggins asintió con seriedad, comprendiendo la gravedad de la situación. En cuestión de minutos, él y sus chicos se pusieron en acción, diseminándose por las áreas más peligrosas de Londres como sombras invisibles, recolectando información y vigilando cada rincón en el que un espía como von Schäfer podría ocultarse.

Mientras tanto, Holmes se concentraba en la segunda parte de su plan: la trampa. Sabía que para atraer a alguien como von Schäfer, necesitaba ofrecerle algo demasiado tentador como para que lo ignorara. Algo que pudiera parecer un golpe maestro desde el punto de vista de un espía, pero que, en realidad, lo llevara directamente hacia sus captores.

Sin poder evitarlo, me acordé de que había recurrido a la misma estratagema para capturar al asesino de Martha Beresp, la joven cuyo cadáver había aparecido una mañana de enero en Hyde Park.

—Watson, he pensado en un señuelo —dijo Holmes finalmente, mirando por la ventana hacia las calles grises de Londres—. Von Schäfer no podrá resistirse a la oportunidad de obtener más secretos militares británicos, especialmente si cree que el contacto con quien debe intercambiar información es alguien de confianza. Nos aprovecharemos de su red de contactos para difundir la noticia de que, tras la muerte de Tanner, un coronel del ejército, recientemente desplazado de su puesto en la India, está dispuesto a vender información a cambio de una considerable suma de dinero.

—¿Un coronel deshonrado? —pregunté, con cierta duda—. ¿Usted cree que von Schäfer caerá en una trampa tan directa?

Holmes sonrió con su característica confianza.

—Por supuesto. La avaricia y la ambición ciegan incluso a los más astutos, Watson. Si von Schäfer cree que está obteniendo acceso a secretos valiosos, no se detendrá a considerar la posibilidad de una trampa. Pero debemos ser cuidadosos. La información debe filtrarse con sutileza, a través de los canales adecuados, y parecer auténtica. Cuando venga a recoger lo que creerá que es un tesoro de secretos militares, lo estaremos esperando.

NO FUE NADA SENCILLO ni tan rápido como habríamos deseado. Los dos días siguientes fueron una frenética danza de planificación y ejecución. Holmes trabajó incansablemente para asegurarse de que cada detalle de la trampa estuviera perfectamente orquestado. Mientras los Irregulares de Baker Street continuaban vigilando los movimientos de von Schäfer, Holmes utilizó su red de contactos para difundir rumores cuidadosamente calculados. Se corrió la voz entre los círculos clandestinos de espionaje de que un coronel británico descontento estaba dispuesto a vender secretos militares a cualquiera que pudiera pagar su precio.

La noticia, como Holmes había previsto, llegó rápidamente a los oídos de Karl von Schäfer. Holmes, con la precisión de un maestro ajedrecista, había creado un señuelo irresistible para el espía alemán. Schäfer, ávido de información que pudiera beneficiar a sus superiores y completar la que ya había obtenido a través de Edward Tanner, mordió el anzuelo y organizó una reunión clandestina para concretar la transacción, convencido de que obtendría con ello una más que jugosa recompensa.

La reunión se llevaría a cabo en un almacén abandonado cerca del puerto de Londres, un lugar donde las sombras y la niebla proporcionaban el camuflaje perfecto para negocios sucios como aquel. Holmes, disfrazado como el supuesto coronel traidor, llegó temprano para asegurarse de que todo estuviera en su lugar. Watson y un pequeño grupo de agentes de Scotland Yard, liderados por el infatigable inspector Lestrade, se escondieron en los alrededores, listos para intervenir cuando von Schäfer hiciera su aparición.

El tiempo pasaba con pasmosa lentitud hasta que, finalmente, el sonido de pasos acercándose resonó en el eco del almacén vacío. Holmes, calmado como siempre, se ajustó el sombrero y esperó. Unos segundos después, la figura alta y delgada de Karl von Schäfer apareció en la penumbra, seguido de dos hombres de aspecto rudo, que evidentemente no eran otros más que sus guardaespaldas.

—Coronel —saludó von Schäfer justo antes de acercarse a mi disfrazado amigo—, parece que tenemos negocios que atender.

Holmes sonrió levemente. Las piezas estaban todas en su lugar y la trampa estaba a punto de cerrarse.

Conspiración abortada

El frío de la madrugada se filtraba por las paredes del almacén abandonado, envolviendo el lugar en una atmósfera gélida y densa. Karl von Schäfer estaba de pie frente a nosotros, con una expresión inescrutable a la que, no obstante, traicionaba una mandíbula que se veía que apretaba con fuerza como si estuviera intentando no delatar la inquietud que le provocaba aquel encuentro ante alguien a quien no conocía. Sus corpulentos guardaespaldas flanqueaban sus costados, observando todo en silencio y listos para actuar ante cualquier señal de peligro.

Holmes, con la calma que siempre lo caracterizaba en situaciones de máxima tensión, avanzó un paso hacia el espía alemán y, pese a que pensé que lo haría, no se molestó en disimular lo más mínimo, revelando su identidad y verdaderas intenciones tan pronto tuvo a von Schäfer delante.

—Karl von Schäfer, sabemos que ha estado operando bajo las órdenes de la Orden del Ónix Negro y que su papel en esta conspiración que pretende llevar a cabo un atentado en suelo británico es crucial, pero me temo que su juego ha terminado.

La cara del alemán se descompuso al comprender que había caído en una trampa que no se esperaba.

—Señor Holmes —replicó con un marcado acento que, desde luego, no tenía el encapuchado que lideraba la reunión de Richmond—, es usted un hombre astuto, tal y como me habían advertido, si bien me temo que no pueden detener lo que ya está en marcha.

Holmes levantó una ceja con escepticismo.

—¿No podemos? —respondió con un tono burlón—. Creo que se considera usted mucho más listo de lo que realmente es, *Herr* von Schäfer. Ya hemos desmantelado gran parte de la operación y, aunque es posible que no usted no conozca todos los detalles, nosotros sí. De hecho, ya conocemos la identidad del líder encapuchado de la Orden del Ónix Negro.

Desde mi escondite, me quedé perplejo al escuchar a Holmes decir aquello, puesto que yo no tenía ni la menor idea ni él me había comentado nada. Imaginé que pudiera tratarse de una trampa para hacer hablar a von Schäfer, si bien, al mismo tiempo, sopesé la posibilidad de que él si lo hubiera averiguado al haberse estado moviendo a ritmo frenético desde que supimos lo de la muerte de Tanner y al haberse desplazado a lugares a los que no le acompañé y de los que no me contó nada al volvernos a encontrar.

El espía alemán pareció titubear por un breve instante. Holmes había tocado un punto sensible. Era evidente que von Schäfer no esperaba que hubiéramos llegado tan lejos. En ese momento, hizo un gesto hacia uno de sus hombres que desenfundó un arma, pero, antes de que pudiera actuar, un grupo de agentes de Scotland Yard, a una señal del inspector, salió de las sombras y rodeó a los tres hombres.

—¡Ni se les ocurra intentar nada! —bramó Lestrade, apuntando su revólver hacia el espía y sus acompañantes.

Von Schäfer apretó los dientes, consciente de que su situación se había vuelto desesperada, si bien, en lugar de resistirse, soltó una carcajada seca, como si en el fondo encontrara algo de humor en aquella situación que se le había vuelto totalmente en contra.

—Muy bien, señor Holmes —admitió finalmente—. Parece que ustedes han ganado esta partida, pero les aseguro que no saben toda la verdad.

—Lo sabremos pronto —replicó mi amigo con decisión—, porque hemos seguido las huellas que la Orden del Ónix Negro ha dejado atrás y la máscara que pusieron en nuestro poder —noté cómo Holmes omitía que había sido Lauren Tanner, la ahora viuda del coronel, la que lo había hecho— no es solo un objeto decorativo, sino la clave de una conspiración que llega hasta lo más alto del Parlamento británico.

Von Schäfer enmudeció y, por primera vez, vi un destello de miedo en sus ojos. Holmes había golpeado en el núcleo del complot.

—La máscara no es más que un sistema de identificación dentro de la Orden. No pertenece a ninguna cultura concreta y quizá por eso los especialistas a los que preguntamos —esta vez fue el nombre del profesor Frank Roderick el que no fue pronunciado— no pudieron identificar la que nosotros les mostramos. Quiero pensar que se debe a eso y no al hecho de que estén amenazados de muerte o, lo que me parecería más siniestro, que pertenezcan a su vil organización.

»Volviendo a las máscaras, cada miembro de alto rango tiene una para acceder a sus reuniones clandestinas y transacciones secretas. Sin embargo, lo más importante de esta máscara es la inscripción en su interior. Por lo que hemos podido averiguar, se trata de un código que lleva a una lista de nombres, los de los miembros de la Orden. Nos ha costado desentrañarlos, pero contamos con gente muy eficiente, aunque ustedes no lo crean. Gracias a la labor de un gran especialista en criptografía y en todo tipo de acertijos —imaginé que se refería a su hermano Mycroft, aunque nunca dejaba de llevarme sorpresas con aquella familia—, hemos dado con el nombre de una persona influyente, alguien cuya posición dentro del gobierno británico le otorga acceso a información vital. Ese hombre no es otro más que sir Henry Blackwood, un miembro del Parlamento que ha estado detrás de todo esto.

Aquel nombre cayó sobre la habitación como una losa pesada y vi cómo los ojos de Lestrade se abrían al máximo por la sorpresa que le había provocado escucharlo. Blackwood, conocido por su carácter honorable y su dedicación a la política británica, era, en apariencia, uno de los pilares del Parlamento. Ahora, Holmes acababa de desvelar que, en la oscuridad, dirigía una peligrosa sociedad secreta dedicada a sabotear los intereses del Imperio británico desde dentro.

—¿Sir Henry Blackwood? —se me escapó.

Holmes asintió con gravedad.

—Es difícil de creer, Watson, pero es la realidad. Sir Henry Blackwood ha estado utilizando su posición en el Parlamento para filtrar secretos militares y políticos a potencias extranjeras. La Orden del Ónix Negro es su creación, un vehículo para encubrir operaciones de espionaje y sabotaje. Usó la máscara de Ónix como un símbolo para organizar sus encuentros y transacciones. Cada máscara tiene un código único, que identifica a sus dueños, los ubica dentro de la organización y les da acceso a diferentes secretos en función de su jerarquía.

Miré a von Schäfer, cuyo rostro había perdido el color. Sabía que su tiempo se había acabado.

Holmes prosiguió.

—Blackwood y todos los traidores que lidera planeaban un atentado contra uno de los altos funcionarios del gobierno, con el fin de desestabilizar las relaciones diplomáticas entre Gran Bretaña y sus aliados. De haber tenido éxito, no solo habría causado un enorme caos interno, sino que habría generado una crisis internacional, dejando al Imperio vulnerable frente a sus enemigos.

Holmes se dirigió a Lestrade, quien atendía con admiración a la par que con sorpresa la explicación de Holmes.

—Lestrade, será necesario arrestar a sir Henry Blackwood de inmediato, pero debemos actuar con máxima cautela. Su posición en el Parlamento lo hace una figura poderosa y sus aliados no dudarán en intentar protegerlo. Afortunadamente, tenemos pruebas suficientes para vincularlo directamente con la Orden del Ónix Negro, gracias a la máscara y a que no me cabe duda de que podremos demostrar su presencia en todas las reuniones de la organización. No será difícil averiguar cuándo se celebraron y comprobar cómo no habrá nadie que conociera el verdadero paradero de sir Henry justo en aquellos momentos. Las piezas encajarán a la perfección, ya lo verá.

—Entendido, señor Holmes —contestó Lestrade, dando órdenes a sus hombres de detener a sir Henry Blackwood.

Holmes se volvió hacia von Schäfer, quien permanecía inmóvil, consciente de que no había escapatoria.

—Se acabó, von Schäfer. Puede intentar resistirse, pero no le servirá de nada. Su participación en este complot ha terminado.

Los agentes de Scotland Yard se abalanzaron sobre el espía alemán y sus secuaces, apresándolos con eficacia. Mientras los llevaban a la comisaría, pude ver en el rostro de von Schäfer una mezcla de resignación y furia contenida. Había sido un peón en un juego mucho mayor de lo que él mismo había imaginado y que ahora llegaba a su fin.

La visita a Lauren Tanner

A la tarde siguiente, después de, esta vez sí, descansar adecuadamente tras el ajetreo de la noche anterior que nos había conducido a la detención de los conspiradores, abordamos sin mayor dilación la tarea pendiente y nos desplazamos a la residencia de los Tanner con el objetivo de ver a su viuda.

Llegué a pensar que se negaría a recibirnos, pero no lo hizo. Con un rostro demacrado y vestida de luto, nos invitó a pasar y nos condujo a una inmensa sala en la que tomamos asiento frente a ella. Pude notar que incluso Holmes, que rara vez se mostraba afectado por las emociones ajenas, observaba a la mujer con algo que me pareció compasión.

—Señor Holmes, doctor Watson —comenzó a hablar la mujer con voz temblorosa pero decidida—, acudí a ustedes para que averiguaran en qué asuntos estaba metido mi marido y lo único que sé es que hace unos pocos días lo encontré en su cama muerto. Lo conocía demasiado bien y sé que jamás se quitaría la vida, pese a que es lo que dice todo el mundo. ¿Qué ha sucedido realmente? Creo que me merezco una explicación.

Holmes, que siempre prefería ser directo en sus aclaraciones, se inclinó ligeramente hacia ella.

—Señora Tanner, su intuición es correcta y tiene usted toda la razón. No hemos sabido estar a la altura de las circunstancias. Edward Tanner, su marido, no se quitó la vida por su propia voluntad. Fue asesinado para asegurar su silencio en un asunto de extrema gravedad. Ya le anticipo que algunas de las respuestas que busca le van a resultar difíciles de asimilar.

La viuda lo miró con ojos enrojecidos, pero llenos de determinación.

—Quiero saber la verdad. Sea la que sea. No la adorne, por favor.

Mi amigo asintió y comenzó su explicación de manera calmada y meticulosa.

—Su esposo, el coronel Tanner, estaba profundamente vinculado a una organización clandestina conocida como la Orden del Ónix Negro. Este grupo, encabezado por algunos de los individuos más poderosos y peligrosos de la sociedad, tenía el propósito de desestabilizar al gobierno británico mediante el espionaje y la traición. El coronel había sido reclutado por ellos debido a su posición y por la facilidad de acceso que tenía a información clasificada.

Lauren Tanner dejó escapar un leve jadeo, pero no interrumpió. La verdad la había golpeado con fuerza, pero, no sé por qué, intuí que, con mayor o menor precisión, ya se había imaginado el verdadero cariz de todo aquello.

—Sin embargo —continuó Holmes—, por lo que pudimos ver el doctor Watson y yo, creemos que su esposo se encontraba en una encrucijada moral. Aunque fue partícipe en la venta de ciertos secretos militares, creemos que en su fuero interno estaba comenzando a arrepentirse de sus acciones. La noche en que falleció habíamos descubierto que el coronel estaba preparado para traicionar a la Orden, ya sea para protegerla a usted o porque había comprendido que el daño que estaba causando era irreparable. Por lo que pudimos ver una noche que lo seguimos, hacía esto simplemente por dinero y llegó incluso a advertir a quien luego sería su ejecutor que aquella era la última vez que colaboraba con la organización.

Holmes hizo una pausa para permitir que ella asimilara lo que estaba escuchando.

—Fue entonces cuando se convirtió en un objetivo para la Orden —intervine, tomándole el relevo—. Lo asesinaron y fingieron su suicidio para asegurarse de que no hablara. Su marido sabía demasiado y representaba una amenaza para ellos.

Los ojos de la joven viuda se llenaron de lágrimas, pero ninguna se deslizó por sus mejillas. Permaneció inmóvil, digiriendo cada palabra, mientras su rostro mostraba una mezcla de dolor y rabia.

—Edward... nunca fue un mal hombre —murmuró, casi para sí misma—. Se perdió en algo mucho más grande de lo que podía manejar.

Holmes asintió.

—Exactamente. No le quepa ninguna duda. Fue utilizado por personas que sabían cómo manipular sus principios y su ambición; sin embargo, al final, estaba tratando de hacer lo correcto y esa fue la razón por la que lo asesinaron. Todavía no se conocen los detalles de la autopsia, puesto que nuestra prioridad ha sido la de desmantelar la organización, pero estoy seguro de que nos mostrará cómo la causa de la muerte será la administración de algún veneno de los que tarda en hacer efecto. Debieron de dárselo la noche en que estuvo con nosotros en la reunión de la mansión de Richmond, a sabiendas de que no le haría efecto hasta que estuviera de vuelta en su hogar.

Lauren Tanner permaneció en silencio por varios segundos, sopesando las palabras de Holmes mientras sus manos temblaban sobre su regazo.

—¿Y quién está detrás de todo esto? —preguntó finalmente, con la voz quebrada por el dolor—. Quiero saber quién lo hizo.

Holmes intercambió una mirada conmigo antes de responder.

—El líder de la Orden del Ónix Negro es Sir Henry Blackwood, un influyente miembro del Parlamento británico. Fue él quien orquestó todo esto desde las sombras y quien, en última instancia, dio la orden de eliminar a su esposo cuando se volvió una amenaza. Ahora que hemos desenmascarado a la Orden, tanto él como otros miembros clave serán arrestados y llevados ante la justicia.

Las lágrimas que Lauren había estado conteniendo finalmente brotaron. Se tapó el rostro con las manos sollozando suavemente y ni Holmes ni yo intentamos interrumpir su dolor. Sabíamos que, aunque le habíamos dado respuestas, venían acompañadas de una verdad amarga que sería difícil de sobrellevar.

Después de unos minutos, se recompuso, secándose las lágrimas con un pañuelo.

—Gracias por decirme la verdad —murmuró, con la voz temblorosa—. Sé que él cometió errores, pero necesitaba saber que, al final, intentó hacer lo correcto.

Holmes se levantó de su asiento y le hizo una leve reverencia, en una muestra de respeto totalmente inusual en él.

—Lamento profundamente su pérdida, señora Tanner. A pesar de sus errores, su esposo fue víctima de un entramado de traiciones y manipulaciones. El peso de sus acciones no debe recaer exclusivamente sobre él.

La mujer asintió, agradecida pero deshecha. Holmes y yo abandonamos la mansión de los Tanner.

—Holmes, ¿cree que la justicia será suficiente para aliviar su sufrimiento?

Mi amigo tardó en responder.

—La justicia, Watson, rara vez es suficiente para aliviar el dolor de la pérdida. Pero es lo único que podemos ofrecer y, aunque las cicatrices del alma son profundas, la verdad es el único bálsamo que realmente puede dar paz.

Me quedé en silencio, sabiendo que tenía razón. A pesar de todo, la verdad había salido a la luz y, con ello, la conspiración que amenazaba la seguridad de Inglaterra había sido desmantelada. La nación estaba a salvo una vez más gracias a la mente brillante de Sherlock Holmes.

Don't miss out!

Visit the website below and you can sign up to receive emails whenever John H. Watson publishes a new book. There's no charge and no obligation.

https://books2read.com/r/B-A-IYPMC-WIEDF

BOOKS 2 READ

Connecting independent readers to independent writers.

Also by John H. Watson

Los casos olvidados de Sherlock Holmes
La joven de Hyde Park
La máscara de ónix

Milton Keynes UK
Ingram Content Group UK Ltd.
UKHW042236011124
450424UK00001BA/18